W9-BUO-208

The Matt the Rat Series / La Serie de Ratón Mateo

Save the Planet
Salva el Planeta

by/por Lorenzo Liberto

illustrated by/ilustrado por Irving Torres

translator/traductora Rocío Gómez

ISBN: 0-9743668-5-4

Manufactured in the United States of America

Library of Congress Cataloging-in-Publication Data

Liberto, Lorenzo.
Save the planet / by Lorenzo Liberto ; illustrated by Irving Torres ; translator, Rocío Gómez = Salva el planeta / por Lorenzo Liberto ; ilustrado por Irving Torres ; traductora, Rocío Gómez. -- 1st ed.
p. cm. -- (The Matt the Rat series = La serie de Ratón Mateo)
Summary: The Magic Cloud teaches Matt and Maggie about air pollution, the greenhouse effect, and other environmental problems people cause, giving them ideas for how they can make a difference, such as conserving energy at home and planting trees.
ISBN-13: 978-0-9743668-5-2 (lib. bdg. : alk. paper)
ISBN-10: 0-9743668-5-4 (lib. bdg. : alk. paper)
[1. Air pollution--Fiction. 2. Nature--Effect of human beings on --Fiction. 3. Environmental degradation--Fiction. 4. Clouds--Fiction. 5. Rats--Fiction. 6. Spanish language materials--Bilingual.] I. Torres, Irving, ill. II. Gómez, Rocío. III. Title. IV. Title: Salva el planeta. V. Series: Liberto, Lorenzo. Matt the Rat series.
PZ73.L48973 2005
[E]--dc22

2005009227

INTRODUCTION

When you look at the whole wide world and all of the millions of people living on Earth, you may ask yourself, “What can one person really do to help preserve the environment and save the planet?” The answer is that you can actually do and help a lot. Think about it this way: if you can spread the word to just ten people to start being environment-friendly and each of those ten people does the same, then you already have one hundred people working with you to help save the planet. You can begin to see that one person really can make a difference. Matt and Maggie’s friend, the Magic Cloud, shows them just some of the many ways that they can help with the environment. Join them in the ongoing effort to help save the planet.

INTRODUCCIÓN

Cuando ves todo el mundo y todos los millones de gente que viven en la Tierra, quizás te preguntas, “¿Qué puede hacer una sola persona para ayudar a conservar el ambiente y salvar el planeta?” La respuesta es que tú puedes hacer y ayudar con mucho. Piénsalo así: si tú puedes cambiar a diez personas a ser más conscientes del medio ambiente y cada una de esas personas hace lo mismo, entonces ya tienes cien personas ayudándote a salvar el planeta. Puedes empezar a ver que una persona sí puede hacer la diferencia. El amigo de Mateo y Maggie, la Nube Mágica, les enseña solamente unas cuantas maneras de las muchas en cómo ellos pueden ayudar el ambiente. Ayúdales en el esfuerzo continuo de salvar el planeta.

The bell rang, the first bus was waiting by the curb, and the children were going home. Except for the unusual looking cloud in the sky, the day seemed like any other ordinary school day to Matt and Maggie, until they heard a strange coughing sound.

"Are you feeling alright, Matt?" Maggie asked.

"I didn't cough. Fergo, are you coming down with a cold?"

They heard the coughing sound again, and Fergo pointed up to the flagpole.

"It's the Magic Cloud!" Matt said. "But he doesn't look like he's feeling very well."

El timbre sonó, el primer camión estaba esperando al lado de la banqueta, y los niños se iban a casa. Menos la nube extraña en el cielo, el día era como todos los otros días escolares para Mateo y Maggie, hasta que oyeron una tos extraña.

"¿Te sientes bien, Mateo?" preguntó Maggie.

"Yo no tosí. Fergo, ¿te estás enfermando de un resfriado?"

Oyeron la tos otra vez, y Fergo apuntó hacia arriba de la asta de bandera.

"¡Es la Nube Mágica!" dijo Mateo. "Pero, parece que no se siente muy bien."

Matt and Maggie invited the Magic Cloud to go to the nurse's office. When the nurse examined the Magic Cloud, she knew the cause right away. "Air pollution."

"Air pollution?" Maggie repeated. "That's one of the topics our teacher gave us as an Earth Day project."

"My friends Nimbus, Stratus, and Cirrus were sick last winter," the Magic Cloud sighed, "but I thought it was just a cold going around. Oh, I've learned all about air pollution by now. I should have known."

"Cloud," Matt said, "if you teach us about air pollution, maybe we can help."

After the nurse gave the Magic Cloud some fresh oxygen, he was soon breathing better and feeling stronger. The Magic Cloud agreed to take Matt and Maggie for a ride.

Mateo y Maggie invitaron a la Nube Mágica a ir a la enfermería. Cuando la enfermera examinó la Nube Mágica, ella supo la causa inmediatamente. "Contaminación del aire."

"¿Contaminación del aire?" Maggie repitió. "Eso es uno de los temas que nuestra maestra nos dio como proyecto para el Día de la Tierra."

"Mis amigos Nimbo, Estrato, y Cirro se enfermaron el invierno pasado," suspiró la Nube Mágica, "pero nosotros pensábamos que era sólo un resfriado. Oh, ya he aprendido todo de la contaminación. Debiera de haber sabido."

"Nube," dijo Mateo, "si tú nos enseñas acerca de la contaminación del aire, tal vez nosotros podemos ayudar."

Después que la enfermera le dio a la Nube Mágica oxígeno fresco, pronto estaba respirando mejor y sintiéndose más fuerte. La Nube Mágica quedó en llevar a Mateo y Maggie en una paseada.

Fact: The first Earth Day was on April 22, 1970.
Hecho: El primer Día de la Tierra fue Abril 22, 1970.

The Magic Cloud took Matt and Maggie to see one of the main causes of air pollution in their city. "So this is what it looks like from up here," Maggie said.

"It's so hazy and grey," Matt said.

"The air could be a lot cleaner," the Magic Cloud told them. "If people use more fuel-efficient vehicles and ride in carpools, buses, and subways, the picture can be very different."

The Magic Cloud suggested they go even higher to get a different view of the pollution problem.

Fact: Every year the average American uses 500 gallons of gasoline, compared to drinking only 25 gallons of milk.

La Nube Mágica llevó a Mateo y a Maggie a ver una de las meras causas de la contaminación del aire en su ciudad. “Así se ve todo desde acá arriba,” dijo Maggie.

“Está tan brumo y gris,” dijo Mateo.

“El aire podría estar mucho más limpio,” les dijo la Nube Mágica. “Si la gente usara vehículos de un buen rendimiento y se transportara en grupos, autobuses, y metros, la vista podría ser muy diferente.”

La Nube Mágica sugirió subir aún más para tomar una perspectiva diferente del problema de la contaminación.

Hecho: Cada año el americano común usa 500 galones de gasolina, comparado con tomar sólo 25 galones de leche.

Past the skyscrapers and beyond the birds and clouds, the Magic Cloud swept them high up into the sky.

"But there's no pollution up here," Maggie said. "The air is perfectly clean."

With a wave of his hand, the Magic Cloud showed Matt and Maggie what they had not been able to see before. Suddenly, the air was full of tiny molecules everywhere!

"Hey, what are these little bubbles, and where did they come from?" Matt asked.

"These are molecules," the Magic Cloud answered. "There are many kinds of molecules, and molecules are so small that they normally cannot be seen by the eyes. The molecules that I'm showing you are carbon dioxide or CO^2 molecules, and they are causing an environmental problem called the greenhouse effect."

"The greenhouse effect?" Maggie said.

"Greenhouse gasses include natural and man-made gasses. The CO^2 molecules from the man-made greenhouse gasses are crowding together in the atmosphere and are trapping too much heat near the surface of the planet."

"Almost how the glass of a greenhouse keeps the warmth inside," Matt said.

"Exactly," the Magic Cloud said. "Let's take a closer look."

Fact: A large amount of carbon dioxide (or CO^2) is a result of pollution from automobiles, factories, and human households.

Pasando los rascacielos y más allá de los pájaros y las nubes, la Nube Mágica los elevó a las alturas del cielo.

“Pero no hay contaminación aquí,” dijo Maggie. “El aire está perfectamente limpio.”

Con mover su mano, la Nube Mágica les enseñó a Mateo y Maggie lo que antes no habían podido ver. ¡De repente, el aire estaba lleno de moléculas por todas partes!

“Oye, ¿qué son estas pequeñas burbujas, y de dónde vinieron?” preguntó Mateo.

“Éstas son moléculas,” contestó la Nube Mágica. “Hay varios tipos de moléculas, y las moléculas están tan pequeñas que normalmente no se ven con los ojos. Las moléculas que les estoy enseñando son dióxido de carbono o moléculas de CO^2, y están causando un problema ambiental llamado el efecto invernadero.”

“¿El efecto invernadero?” dijo Maggie.

“Los gases invernaderos incluyen gases naturales y gases hechos por el hombre. Las moléculas de CO^2 hechas por el hombre se están juntando en el ambiente y están atrapando demasiado calor cerca a la superficie del planeta.”

“Casi como el vidrio de un invernadero mantiene lo calientito adentro,” dijo Mateo.

“Exactamente,” dijo la Nube Mágica. “Vamos a acercarnos.”

Hecho: La mayor parte del dióxido de carbono (o CO^2) es un resultado de la polución de los automóviles, las fábricas, y los hogares.

“Three billion tons of carbon are released into the atmosphere each year from burning fossil fuels,” the Magic Cloud said. “That’s equal to the weight of a half billion African elephants! And all that carbon later combines with oxygen to make carbon dioxide."

“Cloud, but there aren’t really elephants standing above Earth” Maggie said.

“No,” the Magic Cloud laughed. “There might as well be, though, since the pressure of all the carbon dioxide or CO² molecules is about the same.”

Fact: Fossil Fuels include oil, natural gas, and coal.

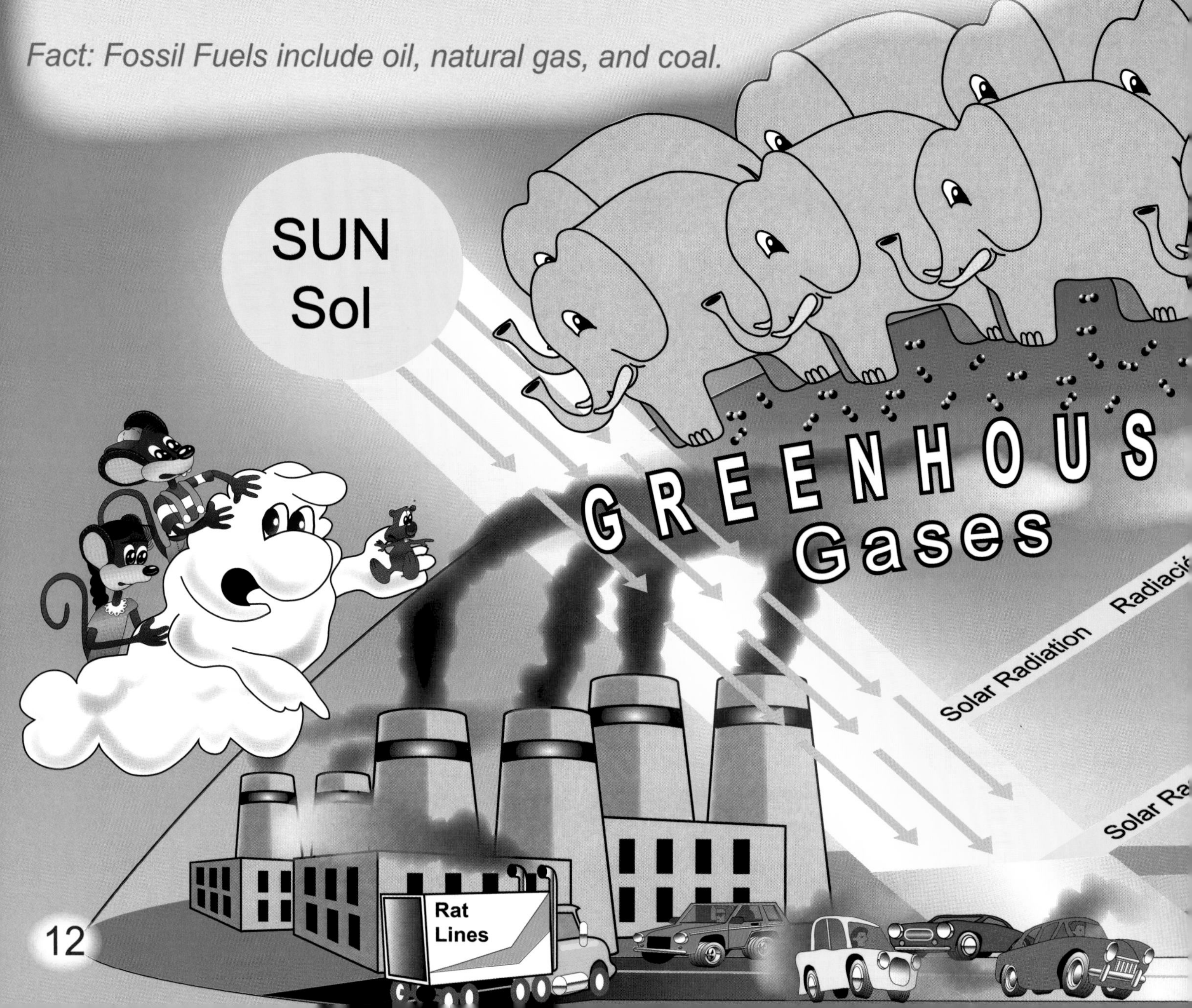

“Tres billones de toneladas de carbón son despedidos a la atmósfera cada año por quemar combustibles de fósiles,” dijo la Nube Mágica. “¡Eso es igual al peso de medio billón de elefantes africanos! Y todo ese carbón se combina después con el oxígeno para hacer el dióxido de carbono.”

“Nube, pero no hay elefantes parándose encima de la Tierra,” dijo Maggie.

“No,” se rió la Nube Mágica. “Pero, pudiera ser, porque la presión de todas las moléculas del dióxido de carbono o CO² es igual al peso de todos esos elefantes.”

Hecho: Los combustibles de fósiles incluyen al petróleo, el gas natural, y el carbón.

“So carbon dioxide comes from pollution?” Matt asked.

“Carbon dioxide can occur naturally, but the problem is that there is too much of it now,” the Magic Cloud answered. “Factories, automobiles, and even houses are releasing too many carbon emissions.”

“What about these CO^2 molecules over here,” Maggie pointed. “Where did they come from?”

“¿Entonces dióxido de carbono viene de polución?” preguntó Mateo.

“Dióxido de carbono puede ocurrir naturalmente, pero el problema es que hay demasiado ya,” contestó la Nube Mágica. “Fábricas, automóviles, y hasta casas están despidiendo demasiadas emisiones de carbón.”

“Y estas moléculas de CO^2 acá,” apuntó Maggie. “¿De dónde vienen?”

Fact: A fluorescent light bulb can last up to 12 times longer and produce light more efficiently than an incandescent bulb.

Matt and Maggie were surprised when the Magic Cloud took them back to their own home. They were even more surprised to discover all of the different ways that energy was being wasted. The lights and television had been left on, the refrigerator door left open, the faucet left dripping, and more. Worse still, nobody had been at home, so all of this had been going on all day since they had left for school that morning!

Hecho: Un foco fluorescente puede durar hasta 12 veces más tiempo y producir luz más eficientemente que un foco incandescente.

Mateo y Maggie estaban sorprendidos cuando la Nube Mágica los regresó a su propia casa. Estaban aún más sorprendidos a descubrir todas las maneras diferentes en que la energía se estaba desperdiciando. Las luces y la televisión habían sido dejadas puestas, la puerta del refrigerador estaba abierta, el lavamanos estaba tirando agua, y más. Peor todavía, nadie estaba en casa, ¡entonces todo esto había estado así desde que se fueron a la escuela esa mañana!

Fact: By adjusting the thermostat by only two degrees over one year (lower in winter and higher in summer), you can prevent 500 pounds of carbon dioxide from entering the atmosphere.

To save energy, they turned off the lights and opened the shutters, adjusted the thermostat and turned on the fan, and turned off everything else that was not being used.

"Cloud," Maggie said, "people can reduce pollution with efficient transportatic and by saving energy, but is there anything else we can do about the greenhouse effect?"

The Magic Cloud scratched his chin for a moment before he had a very simple answer. "Trees!"

Matt and Maggie wondered how trees could help. "They're just trees," Matt said. "How important can a tree really be?"

Hecho: Con ajustar el termostato por sólo 2 grados sobre un año (más bajo en el invierno y más alto en el verano), puedes prevenir que 500 libras de dióxido de carbono entren a la atmósfera.

Para conservar energía, apagaron las luces y abrieron los postigos, ajustaron el termostato y prendieron el abanico, y apagaron todo que no se estaba usando.

"Nube," dijo Maggie, "la gente puede reducir polución con transportación eficiente y con conservar la energía, pero ¿hay algo que podemos hacer del efecto invernadero?"

La Nube Mágica se rascó su mentón por un momento antes de tener una respuesta muy sencilla. "¡Árboles!"

Mateo y Maggie se preguntaron cómo árboles podían ayudar. "Solamente son árboles," dijo Matt. "¿Qué tan importante puede ser un árbol realmente?"

"Mateo y Maggie," dijo la Nube Mágica, "salúdenle al Gigante Estratosférico."

"Está tan alto," dijo Maggie. "¡Ni puedo ver la copa!"

"Eso es porque es el árbol viviente más alto."

"Sí está alto," dijo Mateo. "Pero, ¿qué puede hacer?"

La Nube Mágica dijo, "Un árbol tiene el poder de diez aire condicionados a enfriar. Más importante, árboles pueden ayudar en la lucha contra el efecto invernadero. Ves, árboles absorben dióxido de carbono como una esponja absorbe el agua, y entonces los árboles despiden oxígeno al aire."

"Entonces, ¡árboles ayudan en la lucha contra la contaminación del aire en dos maneras!" Maggie le gritó a la Nube Mágica.

"Vaya," Mateo le dijo a Fergo. "Yo no sabía eso."

Hecho: El árbol más alto está medido a 369 pies y 4.8 pulgadas, cinco pisos más alto que la Estatua de Libertad.

Hecho: Árboles son los organismos con la vida más larga y los organismos más grandes en la Tierra.

“Matt and Maggie,” the Magic Cloud said, “say hello to the Stratosphere Giant.”

“It’s so tall,” Maggie said. “I can’t even see the top!”

“That’s because it’s the tallest tree alive.”

“Sure it’s tall,” Matt said. “But what can it do?”

The Magic Cloud said, “One tree can have the cooling power of ten air conditioners. More importantly, trees can help fight the greenhouse effect. You see, trees absorb carbon dioxide just like a sponge absorbs water, and then trees release oxygen into the air.”

“So trees help fight air pollution in two ways!” Maggie shouted up to the Magic Cloud.

“Wow,” Matt said to Fergo. “I didn’t know that.”

Fact: The tallest living tree was measured at 369 feet and 4.8 inches, five stories taller than the Statue of Liberty.

Fact: Trees are the longest living and largest living organisms on Earth.

The Magic Cloud wanted to take Matt and Maggie to another forest, but when they landed they saw that something was missing.

"Hey!" Matt said. "Where's the forest?"

"This is called deforestation," the Magic Cloud said. "Trees are cut down to provide us with products like paper to write on, books to read, and wood to build our homes."

"But trees are also important to help fight pollution and the greenhouse effect," Maggie said. Suddenly, she had an idea. "Matt, we need to plant more trees!"

La Nube Mágica quería llevar a Mateo y Maggie a otro bosque, pero cuando llegaron vieron que algo faltaba.

"¡Oye!" dijo Mateo. "¿Dónde está el bosque?"

"Esto se llama deforestación," dijo la Nube Mágica. "Árboles son cortados para darnos productos como papel en que escribir, libros para leer, y madera con hacer nuestras casas."

"Pero árboles son tan importantes en la lucha contra la polución y el efecto invernadero," dijo Maggie. De repente, ella tuvo una idea. "Mateo, ¡tenemos que plantar más árboles!"

The Magic Cloud invited Matt and Maggie to visit a real greenhouse. Inside the greenhouse, they could not believe all of the different types of flowers and trees. They saw baby redwoods, baby ferns, baby maples, baby marigolds, baby dogwoods, baby crab apples, and more. Matt and Maggie had a great idea for their Earth Day project. They began filling up a wagon full of baby trees.

La Nube Mágica invitó a Mateo y Maggie a visitar un real invernadero. Dentro del invernadero, no podían creer todos los diferentes tipos de flores y árboles. Vieron secuoyas jóvenes, helechos jóvenes, arces jóvenes, caléndulas jóvenes, cornejos jóvenes, manzanos silvestres jóvenes, y más. Mateo y Maggie tenían una buena idea para su proyecto para el Día de la Tierra. Empezaron a llenar el carrito con árboles pequeños.

“We’ve never planted a tree before,” Matt said.

With a handful of seeds, the Magic Cloud showed them just how easy it was to plant a tree. “It's just as important to have trees in our towns and cites as it is to have trees in our forests,” the Magic Cloud said.

“Matt, let’s plant some trees at our house and see who lives longer,” Maggie laughed, “the trees or us.”

Fact: Trees help reduce the greenhouse effect by absorbing CO^2. One acre of trees removes 2.6 tons of CO^2 in a year.

“Nunca hemos plantado un árbol antes,” dijo Mateo.

Con una mano llena de semillas, la Nube Mágica les enseñó qué fácil era plantar un árbol. “Es tan importante tener árboles en nuestros pueblos y ciudades como lo es en nuestros bosques,” dijo la Nube Mágica.

“Mateo, vamos a plantar unos árboles en nuestra casa y vamos a ver quién vive más tiempo,” Maggie se rió, “los árboles o nosotros.”

Hecho: Árboles pueden reducir el efecto invernadero con absorber CO^2. Un acre de árboles quita 2.6 toneladas de CO^2 en un año.

Fact: If every person in the world planted just one tree, then there would be 6.5 billion new trees.

Hecho: Si cada persona en el mundo plantara sólo un árbol, entonces habría 6.5 billones de árboles nuevos.

At school for Earth Day, Matt and Maggie set up a table and gave away aby trees and seeds for students to plant. “Earth Day, everyday!” Maggie called ut. Thanks to the Magic Cloud, Matt and Maggie received an “A+” on their roject.

En la escuela para el Día de la Tierra, Mateo y Maggie pusieron una mesa regalaron árboles pequeños y semillas para que los estudiantes los plantaran. El Día de la Tierra, todos los días!” Maggie gritó. Gracias a la Nube Mágica, lateo y Maggie recibieron una “A+” en su proyecto.

Matt and Maggie's Earth Day project spread throughout the community. Soon teachers, students, and parents were planting trees all around the school and neighborhood. Clouds from all over gathered and cheered from above as the people below planted new trees. One cloud in particular was very proud. Matt, Maggie, and others were joining the fight to help save the planet.

El proyecto para el Día de la Tierra de Mateo y Maggie se pasó por toda la comunidad. Pronto maestros, estudiantes, y padres estaban plantando árboles alrededor de la escuela y el vecindario. Nubes de todas partes vinieron y vitorearon desde arriba mientras que la gente abajo plantaba árboles nuevos. Una nube en particular estaba muy orgullosa. Mateo, Maggie, y otros estaban uniéndose en la lucha a salvar el planeta.

Brief Glossary* / Glosario Breve*

Páginas / Pages 6 & 7

pollution: polución o contaminación

Páginas / Pages 8 & 9

fuel-efficient car: auto de buen rendimiento

Páginas / Pages 10 & 11

molecules: moléculas
carbon dioxide or CO^2: dióxido de carbono
greenhouse effect: efecto invernadero
greenhouse gasses: gases invernaderos

Páginas / Pages 12 & 13

fossil fuels: combustibles de fósiles

Páginas / Pages 14 & 15

emissions: emisiones

Páginas / Pages 18 & 19

efficient: eficiente
energy: energía
transportation: transportación

Páginas / Pages 22 & 23

deforestation: deforestación

Works Cited / Obras Citadas

Bruins for Recycling. 2001. Student Affairs Dept., U of California Los Angeles. 15 March 2005 <http://www.studentgroups.ucla.edu/recycle/>.

Climate Ark. 2005. Ecological Internet, Inc. 10 March 2005 <http://www.climateark.org/>.

Col, Jeananda. "The Earth's Atmosphere." Enchanted Learning.com. 1998. Enchanted Learning. 18 March 2005 <http://www.enchantedlearning.com/>.

Energy Kid's Page. 2005. Energy Information Administration. 15 March 2005 <http://www.eia.doe.gov/kids/>.

Foster, David. "California: A Complex Trek to the World's Tallest Tree." Forests.org. 2000. Ecological Internet, Inc. 10 March 2005 <http://forests.org/>.

Gardiner, Lisa. "The Carbon Cycle." Windows to the Universe. 2003. U of Corporation for Atmospheric Research. 25 February 2005 <http://www.windows.ucar.edu>.

"Tallest Living Tree." Guinness World Records. 2005. HIT Entertainment. 10 March 2005 < http://www.guinnessworldrecords.com/>.

"The Three R's of the Environment." Fact Monster. 2005. Pearson Education. 4 May 2005 <http://www.factmonster.com/>.

"Tree Facts." Tree in a Box.com. 2005. Tree in a Box. 11 March 2005 <http://www.treeinabox.com/>.

"Urban Forest Facts." Canopy Organization. 2004. Canopy: Trees for Palo Alto. 11 March 2005 <http://www.canopy.org/>.

Visit some of these websites to learn more! / ¡Visiten estos sitios web para aprender más!

* Find and match the words and phrases in the glossary with what is in the story and illustrations.

* Busca las palabras y frases en el glosario que corresponden al cuento y a las ilustraciones.